Für _____Claudia_____,
mein süßes Schnubbelchen !

Ulrich Grasberger

Zeit für die Liebe

Weltbild

Es war einmal eine Insel,
auf der die verschiedenen Gedanken
und Gefühle lebten.

Sie waren gekommen,
weil sie dort sein wollten,
wo auch die Liebe ist.
Denn die Liebe gibt dem Leben Sinn.

Dort, wo die Liebe ist,
gibt es keinen Zweifel.
Da kann man leben,
sich freuen und glücklich sein.

Die Liebe war bei ihnen.
Sie besuchte die Gefühle jeden Tag,
die dunklen und auch die hellen.
Denn durch die Liebe
war alles im Gleichgewicht.
Erst, wenn ein Gefühl alleine ist,
beginnen die Sorgen.

Ich bin das Glück.
Mich kannst du nur finden,
wenn du alles für mich tust,
aber mich niemals suchst.

Ich bin der Übermut.

Ich bin stark, bin groß und kann alles.

Nichts ist mir genug.

Immer mehr! Das tut richtig gut.

Ich bin das Vertrauen.

Schließe die Augen, dreh dich im Kreis.

Lasse dich einfach fallen,

ich halte dich in meinen Armen.

Ich bin die Eifersucht.
Wenn du lachst, lachst du mit mir?
Wo sind deine Gedanken,
wenn du schweigst?
Ach, welch ein Unsinn
macht sich hier breit.

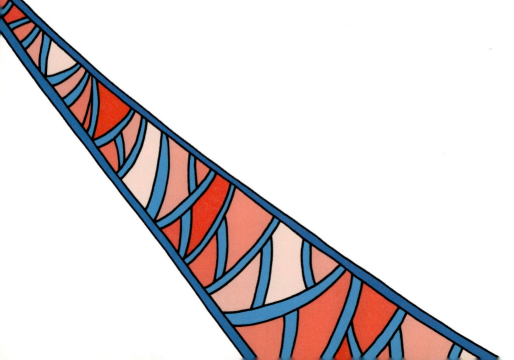

Was ist die Angst?
Ist das ein Gespenst
vor meinem Auge?
Lauf schnell, dass es dich nicht fange!
Ich will lachen und hüpfen,
mach mir nicht Bange!

Woher kommt die Traurigkeit?
Ist es die Erinnerung?
Ich weiß es genau.
Der Tag war so schön
und voller Freude.
Mit Wehmut
denke ich an unser Spiel heute.

Ich bin die Einsamkeit.
Lass mich in Ruhe.
Niemand soll jetzt bei mir sein.
Nur eine geteilte Zwei ist allein.
Bitte komm schnell zu mir herein.

Ich bin die Eitelkeit.
Ich will immer und ewig schön sein,
werde ich auch gesehen?
Ich halte gerne Reden
und gehe auf alle Feten.

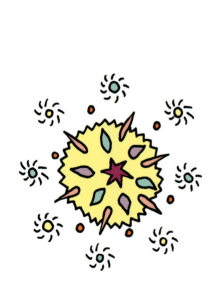
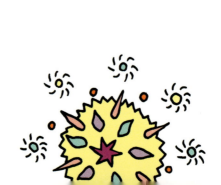

Der Leichtsinn hüpft auf einem Bein.
Was denkst du an morgen,
das macht doch nur Sorgen.
Was zählt, ist der Kick, der Augenblick.

Ich bin die Vernunft.
Nur, was ich sehen und begreifen kann,
ist wirklich wahr.
Ich will alles ganz richtig machen.
Entschuldige, aber da stört mich
das Lachen.

Die Liebe
war mitten unter den Gefühlen,
und das Leben war schön und leicht.

Die Gefühle
feierten zusammen Feste,
erlebten Abenteuer,
erzählten sich Geschichten,
diskutierten und freuten sich,
als wenn es keine Zeit
und niemals ein Ende gäbe.

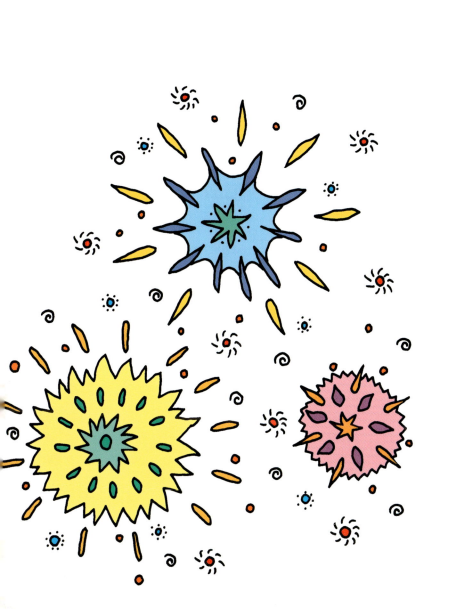

Eines Tages
meldete das Schicksal den Gefühlen,
dass ihre Insel untergehen werde
und alle ihre Erinnerungen
mit den Wellen im Meer der Ewigkeit
verschwinden würden.

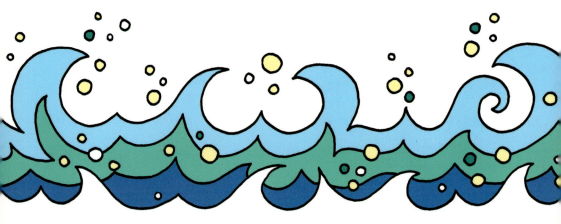

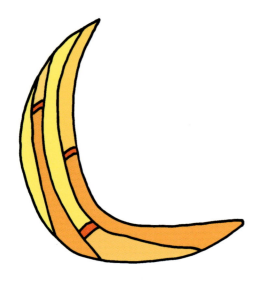

Traurig bestiegen die Gefühle
Schiffe und verließen die Insel,
denn nichts ist für die Ewigkeit,
sagten sie.

Nur die Liebe
wollte es nicht glauben,
dass die fröhliche und
unbeschwerte Zeit für immer
ein Ende haben sollte.

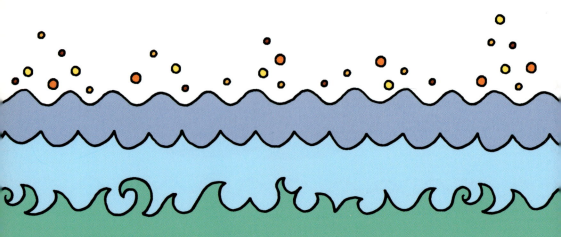

Erst, als es fast zu spät war
und die Insel langsam
im Meer versank,
rief die Liebe verzweifelt um Hilfe.
Bis zum Schluss
hatte sie an die Hoffnung geglaubt.
Denn die Heimat der Liebe
liegt in der zeitlosen Unendlichkeit.

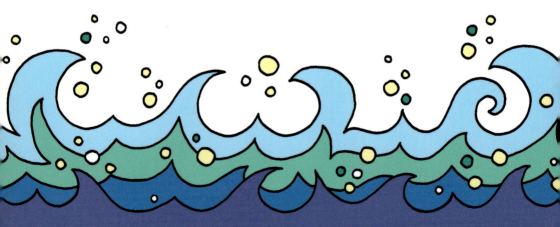

Der Reichtum ankerte in der Nähe
der untergegangenen Insel
mit einem prächtigen Luxusschiff.
Die Liebe rief nach ihm:
»Reichtum, kannst du mir helfen?
Lass mich auf dein Schiff.«
»Nein«, sagte der Reichtum.
»Ich habe zu viel Geld und Gold
geladen, hier ist kein Platz für dich!«

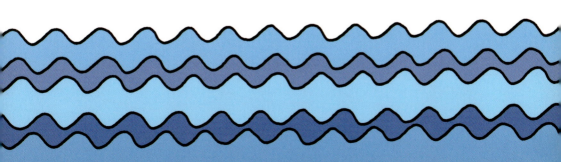

Die Liebe fragte
den Hochmut um Hilfe,
der mit seinem wunderschönen
weißen Segelboot
in den Horizont steuerte.
»Ich kann dir nicht helfen«,
sagte der Hochmut,
»du bist ganz nass, und verzeih mir,
aber du könntest
mein Schiff beschmutzen!«

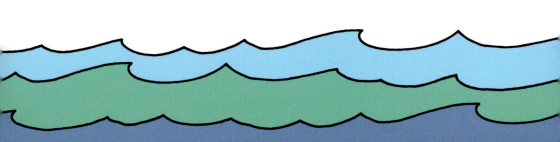

Die Traurigkeit wollte sehen,
ob noch jemand
auf der Insel der Vergangenheit war,
und legte an.
»Ich bin so froh«, sagte die Liebe,
»dass du kommst.
Bitte, Traurigkeit,
lass mich mit dir gehen.« –
»Oh«, sagte die Traurigkeit,
»ich bin so traurig,
ich möchte lieber alleine bleiben.«

Die Eitelkeit sah,
dass die Liebe in Not war.
Aber sie schaute feige weg und tat
so, als ob sie das Rufen
der Liebe nicht hören würde.

Der Leichtsinn dachte,
es sei ein Spiel, und lachte nur,
winkte noch und entschwand
den Blicken.

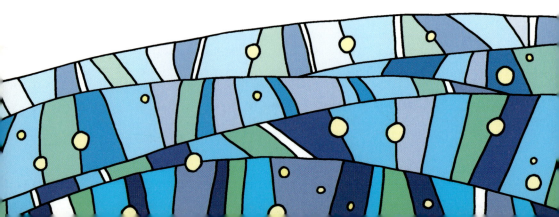

Die Eifersucht aber
war immer noch böse auf die Liebe.
Sie fühlte sich klein
und unbedeutend
in Gegenwart der Liebe
und wollte nichts mehr mit ihr
zu tun haben.

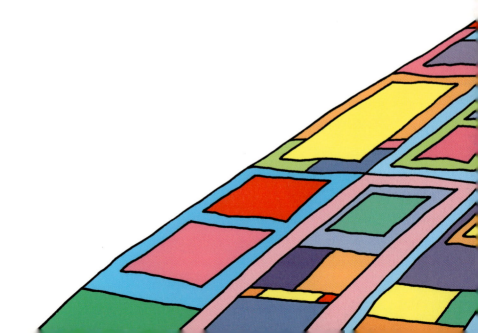

Die Vernunft sagte:
»Ist ein Leben ohne die Liebe
nicht viel besser?
Erspart es uns doch viel Leid
und Schmerz!«
Und fuhr einfach
an der untergehenden Insel vorbei.

Die Angst versuchte es gar nicht,
die Liebe zu retten.
Das ist viel zu gefährlich,
sagte sie.
Wer sich mit der Liebe einlässt,
braucht sich nicht zu wundern,
wenn er untergeht.

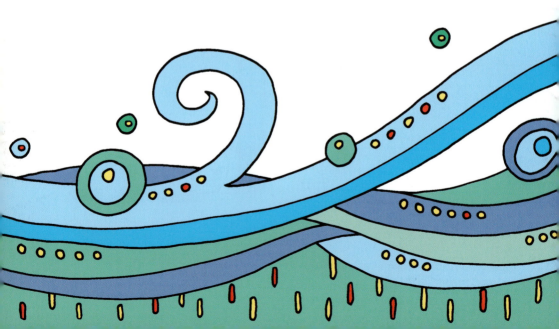

Da fuhr das Glück
an der Insel vorbei.
Sosehr die Liebe auch rief,
hüpfte und Zeichen gab,
das Glück reagierte nicht.
Hatten sie nicht wunderbare Stunden
auf der Insel verbracht?
Aber das Glück war so glücklich,
dass es die Liebe nicht hörte.

Und plötzlich hörte die Liebe
eine leise Stimme:
»Komm, komm doch,
ich nehme dich mit!«

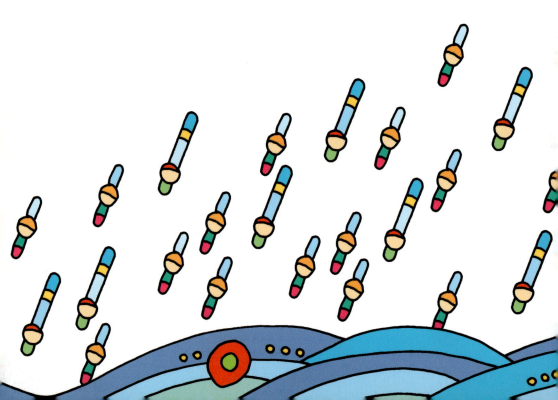

Da war ein alter Mann,
der gesprochen hatte.
Die Liebe war so glücklich,
so erleichtert, dass sie
nicht nach seinem Namen fragte.
Schnell hüpfte sie auf sein leichtes
und zerbrechliches Boot.

Als beide
wieder festen Boden
unter den Füßen hatten
und gerettet waren,
ging der Alte weg,
ohne ein Wort zu sagen.

Die Liebe war so froh,
dass der Alte ihr das Leben
gerettet hatte,
und wollte sich bedanken,
aber der Alte war so schnell
verschwunden, wie er gekommen war.

Die Liebe
fragte daraufhin das Wissen:
»Wer hat mich gerettet,
wer war das, der mir geholfen hat?
Gerne wäre ich ein Stück
mit ihm gegangen.
Auf unserer Insel
ist er mir gar nicht aufgefallen.«

»Das war die Zeit«,
antwortete das Wissen.
»Sie kommt, sie geht
und lässt uns nie allein.
Und alles, was passiert,
geschieht nur zusammen mit ihr.«

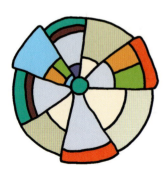

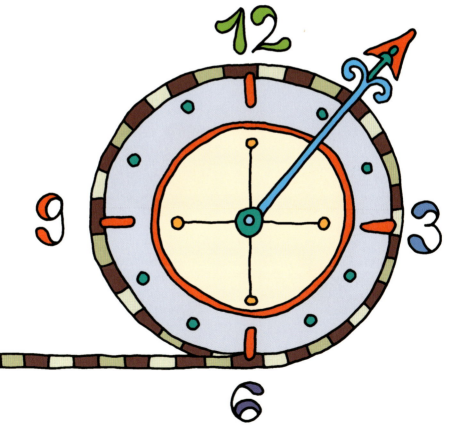

»Die Zeit?«, fragte die Liebe.
»Aber warum
hat mich die Zeit gerettet?«
Das Wissen lächelte weise
und geheimnisvoll
und antwortete ihr:

»Weil nur die Zeit verstehen kann,
wie wichtig die Liebe im Leben ist.«

Ein Leben ohne Liebe ist,
als wenn du nicht gelebt hättest.

Über dieses Buch

Der Autor
Ulrich Grasberger ist studierter Theologe, Philosoph und Journalist. Er war viele Jahre Verlagsleiter verschiedener Ratgeberverlage und arbeitet heute in dem von ihm gegründeten Verlagsnetzwerk »Medienprojekte München«. Für das vorliegende Buch ließ er sich von Texten inspirieren, die seit Jahren in unterschiedlichen Fassungen im Internet »überliefert« werden. Ulrich Grasberger ist verheiratet und lebt mit seiner Frau und zwei Kindern in München.

Der Illustrator
Günter »Tscharlie« Bauer lebt in San Sebastián auf »seiner« Insel La Gomera. Er hat sich seinen Lebenstraum erfüllt und genießt den immerwährenden Sommer und das Leben mit Wellen, Licht und Wind. Als Grafiker und Illustrator verdient er sein Geld mit Werbung. Bücher wie »Zeit für die Liebe« sind seine Freude und Leidenschaft. Günter Bauer ist mit einer Spanierin verheiratet und hat zwei Kinder.

Bildnachweis
Alle Illustrationen: Günter Bauer, San Sebastián

Impressum
Es ist nicht gestattet, Abbildungen oder Texte dieses Buches zu digitalisieren, auf digitalen Medien zu speichern oder einzeln oder zusammen mit anderen Bildvorlagen/Texten zu manipulieren, es sei denn mit schriftlicher Genehmigung des Verlages.

Weltbild Buchverlag
—Originalausgaben—
© 2007 Verlagsgruppe Weltbild GmbH, Steinerne Furt, 86167 Augsburg
Alle Rechte vorbehalten

Projektleitung: Gerald Fiebig
Umschlaggestaltung: X-Design, München
Umschlagillustration: Günter Bauer, San Sebastián
Innenlayout und Satz: Medienprojekte München
Reproduktion: Point of Media GmbH, Augsburg
Druck und Bindung: Offizin Andersen Nexö Leipzig GmbH, Zwenkau

Gedruckt auf chlorfrei gebleichtem Papier

Printed in the EU

ISBN 978-3-89897-762-3